OLIVIA

Ian Falconer

Seuil jeunesse

Pour l'édition originale publiée en 2000
par Atheneum Books for Young Readers,
un imprint de Simon & Schuster Children's Publishing Division
sous le titre "Olivia"

© 2000 Ian Falconer

Maquette de Ann Bobco

Pour l'édition française
© Éditions du Seuil, 2000
Adaptation française Seuil jeunesse
Dépôt légal : septembre 2000
ISBN : 2-02-041087-7
N° 41087-3

Loi 49-956 du 16 juillet 1949
sur les publications destinées à la jeunesse

Imprimé en Belgique

Détail de "Autumn Rhythm # 30" de Jackson Pollock, page 29.
The Metropolitan Museum of Art, George A. Hearn Fund, 1957. (57.92
Photographie © 1998 The Metropolitan Museum of Art.
Avec l'aimable autorisation de la Pollock-Krasner Foundation/Artists
Rights Society (ARS), New York.

Détail de "Répétition d'un ballet sur la scène", 1874,
de Edgar Degas, page 26. Huile sur toile, 65 x 81 cm, avec
l'aimable autorisation du Musée d'Orsay, Paris.

À la vraie Olivia, à Ian
et à William,
qui n'est pas arrivé à temps pour
apparaître dans ce livre.

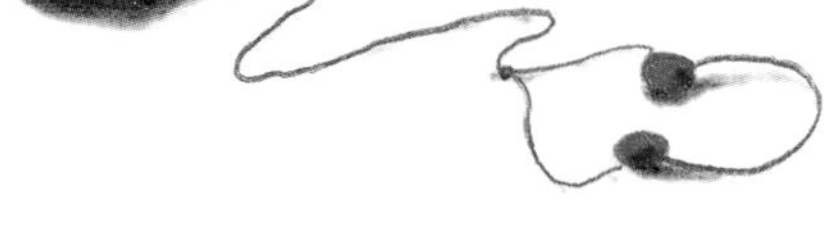

Voici **Olivia**

Elle est très douée pour
beaucoup de choses.

Elle est très douée pour épuiser tout le monde.

Et elle s'épuise elle-même.

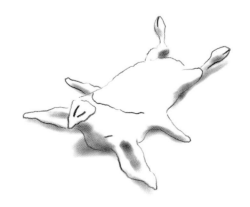

Olivia a un petit frère qui s'appelle Ian.
Il la copie tout le temps.

Parfois, Ian ne veut pas la laisser tranquille,
alors Olivia doit faire preuve de fermeté.

Olivia vit avec sa mère, son père,
son frère, son chien, Perry,

et Edwin, le chat.

Le matin, quand elle se lève,
elle emmène le chat,

elle se brosse
les dents,
se coiffe

et remmène le chat.

  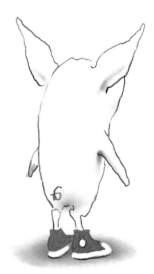

Olivia s'habille.

Elle doit tout
essayer.

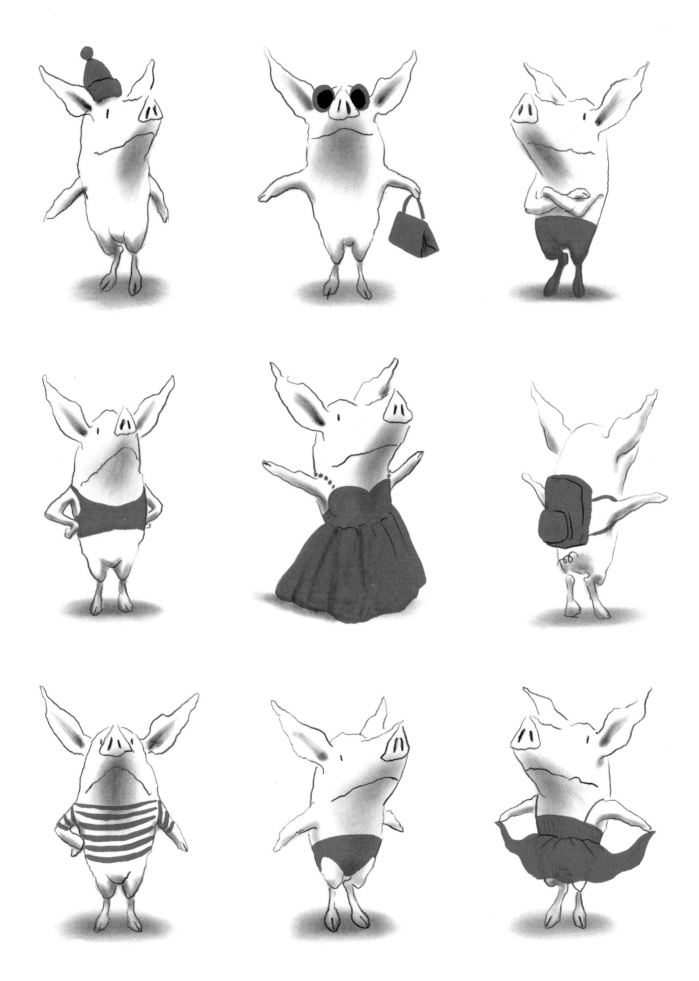

Quand il fait soleil, Olivia aime bien aller à la plage.

Elle pense qu'il est important
d'être bien équipé.

L'été dernier, quand Olivia était petite, sa mère
lui a appris à faire des châteaux de sable.

Elle a vite appris.

Quelquefois, Olivia
prend des bains
de soleil.

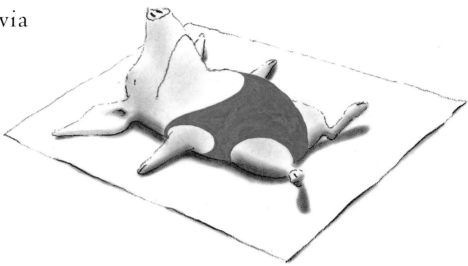

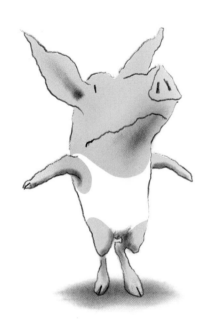

Lorsque sa mère pense que ça suffit,
ils rentrent à la maison.

Chaque jour, Olivia doit faire la sieste.
« C'est l'heure de ta tu-sais-quoi », dit sa mère.

Bien sûr, Olivia ne dort pas.

Les jours de pluie, Olivia
aime bien aller au musée.

Elle court tout droit vers son tableau préféré.

Olivia le contemple longuement.
À quoi peut-elle bien penser ?

Mais il y a une peinture qu'Olivia
ne comprend pas du tout. Elle dit à sa mère :
« Je peux faire la même chose en cinq minutes. »

Et aussitôt rentrée
à la maison, elle fait un essai.

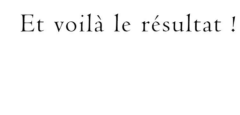

Et voilà le résultat !

Après un bon bain,

et un bon dîner,

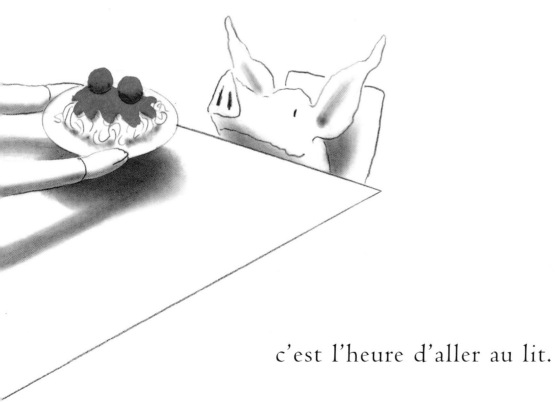

c'est l'heure d'aller au lit.

Mais, bien sûr, Olivia
n'a pas du tout sommeil.

« Maman, juste cinq livres ce soir », dit-elle.

« Non, Olivia, un seul.
- Quatre, alors ?
- Deux.
- Trois !
- D'accord, trois,
mais c'est tout. »

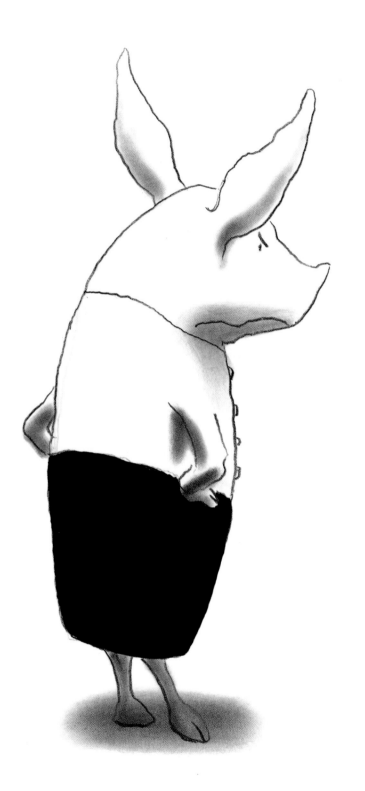

Quand la lecture est finie, la maman d'Olivia
l'embrasse et lui dit : « Tu sais, tu m'épuises
vraiment. Mais je t'aime quand même. »
Olivia lui rend son bisou et dit :
« Moi aussi, je t'aime quand même. »